KB171800

서간

겁이 많은 사람의 기록입니다
사랑하는 이를 사랑한다 하지 못하여
닿지 못하는 단어들을 옮겼습니다

언젠가 흘러
당신에게 닿을지도 모른다는
작은 희망을 품은 채
삼키지 못하는 것들을
뱉어냅니다

한낮의 솔로

어느 모퉁이의 끝에서
혼란
초승달
초승달 2
한여름의 밤
욕심
기도
뒷모습
기대
안단테, 느리게
낭송
넘실
넘침
닮은점
풍랑
풍랑2
겹
겹2
겹3

허황
허황 2
눈 먼 무지
고장난 시간
달의 운행
스포트라이트
스포트라이트2
스포트라이트3
애닳음
친애
중력
복숭아
복숭아 2
핑계
추측
도달
낙
낙2
꽃
꽃2

미련

너 그리고 나

간극

어느 여름

어느 여름의 끝

어느 수취인의 인사

엔딩 크레딧

붉은 실

욕심 한 자락

저녁의 왈츠

왈츠
산책
소유
잼
위로
향
분홍신
마음
애정
애정 2
상념
애원
뮤즈
욕심
리듬
몽
몽2
한 입만
당신의 품
당신의품2

품

잠결

못남

얼룩

풍선

검은 것

유리 조각

이카루스

사랑하는 당신께

고백

어느 한 여름의 정원

초대
수선화
장미
델피늄
해바라기
해오라비난초
자작나무
튤립
데이지
노란 튤립
붉은 장미
프리지아
개망초
사스레피나무
은방울
한낮의 꽃밭
화관

한 낮의 솔로

어느 모퉁이의 끝에서

어느 날은 숨기고 싶다가도
어느 날은 드러내고 싶어

몰랐으면 하다가도
알아줬으면 해서

나는 나를 숨겼어

이곳에

네가 스쳐 지나가 길
바라면서도
바라지 않아서

혼란

사랑스러운 건
네 눈일까
네 웃음일까
너 그 자체인가
널 바라보는 나인가
어지럽다 어지러워.

초승달

휘어지는 눈꼬리 끝에
매달린 웃음이
어여뻐서
사랑스럽다.

초승달 2

너의 눈 코 입이 선명하게 떠올라
길고 가늘게 찢어진 눈
그 아래 코
그리고 활짝 웃는 네 입술

사랑스런 네 웃음
널 보고 웃는 나

한여름의 밤

잠들지 못하는 밤에
네 생각이 흘러넘치면
너를 떠올리지 않을
방도가 없다

욕심

너도 내가 궁금할까
문득 내가 생각날까

어쩌다 나를 생각해 줬으면
나를 보고 싶어 했으면

기도

욕심이 많은 자의
기도의 끝에
너의 얼굴이 아른거리고 마는 것은
어쩔 수 없는 일이라고
되뇐다.

마음을 비우는 일은
나의 손 밖의 일이라
어쩔 수 없지 않냐고
되려 수가 틀리는
나였다.

뒷모습

걸어가는
네 뒷모습

흩날리는 네 옷자락
끝에
매달리고 싶다.

기대

너를 만난 뒤로
나는
내일을 기다려

안단테, 느리게

너 없는
나날은
너무 길고
지루해

낭송

어여쁜 모든 말들을
너에게
들려주고 싶다

넘실

일렁이는 물결을
잠재울 방도가 없어요

곧 흘러넘쳐
당신을 덮칠 거 같아

조금 무섭습니다.

넘침

한 방울씩

뚝

뚝

흐르던 마음이

어느덧 가득 차

흘러넘치려 합니다

닮은점

빨간 점을 보고
피식 웃고 말았어
찾았다. 우리 닮은 점

한동안
다리 위의 붉은색을 보면
네가 생각날 거 같아

풍랑

너는 내게 밀려와
나를 덮쳤고

내가 할 수 있는 거라곤
떠다니는 단어들을
붙잡아
끌어안는 수밖에 없었다

풍랑2

어느 날은
너를 품은 나를
어찌해야 할지 알 수 없어서
그저 걸었어
걷고 걸었어

온몸이 아우성칠 때쯤
나는 침대에 풀썩 쓰러져
잠에 들어

너는
나를 걷게 해

눈앞의 길들을
별거 아닌 것처럼

그래서 오늘도 걸었지

겁

어느 날의 네 무표정에
덜컥 겁이 나
숨어버렸어

어느 날의 무심함에
서러워 눈물을 삼켰어

나는 너의 사소함에
한없이 무너져 내리는
겁쟁이지

겁2

너에게로 가는 순간을
기다렸으면서
기대하면서도

동시에 두려워
발걸음을 주저하는

나는

나도 나를 모른 채
그저 너에게로 간다

겁3

당신과 마주하는 순간이
두려워요
도망가고 싶다가도

그 순간만을
기다리는 나 입니다

허황

내일 너에게
인사할 거야

너는 놀랄까
그저 웃을까

궁금해
무서워
기대돼
보고 싶어

허황 2

오늘 너에게
고백하려고 했어

차마 하지 못한 건
날 보면 환히 웃는
네가 예뻐서

그 웃음이 끝날까
무서워서

그저 마주 웃었어

눈 먼 무지

너는 내게 너를 알려주지 않았고
나는 너를 알려 하지 않았다

나는 두 눈이 가려진 자였고
스스로 두 눈을 가린 자이기도 하다

고장난 시간

너 없는 하루가 너무 길다
시간이 멈춘 듯 가지 않는다
있어야 할 곳에 없는 네가
궁금하다

너는 지금 무얼 하니
알고 싶다

아니 모르고 싶기도 하다

그저
내일은 널 볼 수 있었으면

달의 운행

네가 나에게로
기운다

몇 번의 달이 지나자
너는 만월이 되어있었다
내 안에 가득 차올랐다
한껏 빛을 내며
나를 채운다

언제 지려나
나는 몇 번의 달을 보내야
손톱달로 기우는 너를
맞이할 수 있을까

아. 어리석어라
또다시 차오르는
너인 것을

스포트라이트

휘영청 웃는 너
환한 빛
흔들리는 잔상

나는 차마 마주하지 못한 채
그만 눈을 찌푸리고 말았네

스포트라이트2

사람들 속에서
반짝이는 건
오직
너 하나여서

나는
언제나
너를 찾아내고야 만다

스포트라이트 3

네가
어디에 있든지
나는
찾고야 마는구나 싶어서

설핏 웃었어

애닳음

반짝이는 별을
바라보는 게
나 혼자가 아님을

아른거리는 그 불빛을
탐하는 이가
나 혼자가 아님을

알게 된 오늘 밤

나는 그저
발만 동동거리네

친애

너의 곁에 선
이들을 보며
생각했지

나도
너와 가까워져야지
너와 어깨를 나란히 하며
이야기를 나누고 싶다고.

중력

흐른다. 너에게로
무용한 거부의 몸짓은
거스를 수 없는 흐름에
그저 파묻힐 테지

복숭아

살짝
몸을 기운 채
활짝 웃는 네가
어여뻐서

방긋 올라간
너의 두 볼을
감싸 안고 싶었네

복숭아 2

잤다는 네 얼굴이
살짝 부은 거 알아?

여전히 눈은 조금 감겨있네
펄렁이는 머리끝이

어쩜 그리 사랑스럽니

핑계

차마 너에게
못한 말

나는 바쁜 게 좋아
그 핑계로
너 얼굴 한 번이라도
더 볼 수 있잖아

추측

시계를 보며
너를 가늠하곤 해

도달

너 얼굴이나 보고 싶다며
털털 걸었어

근데 그 길 끝에
웃고 있는 너와
마주한 거지

쿵

이게 운명 아니면 뭐람.
이게 사랑 아니면 뭐람.

그저 이 모든 게 합리화 일뿐이야?

낙

오늘 유독
힘든 하루였어

왜 그럴까
곰곰이
생각해 보니

널 보지 못했구나

낙2

오늘 너와 인사를 못했네
집으로 가는 길이
즐겁지가 않아

발걸음이 무거워

꽃

저 어여쁜 것을 아는 듯이

사르르 웃는 웃음이

사랑스러워

마음대로

미워하지도 못하겠구나

꽃2

네가 허락한다면
너에게 장미 한 송이를
주고 싶어

온갖 예쁜 것들을
너에게
건네고 싶어

미련

끝은 다가오고
전하지 못한 말들만
꾸깃꾸깃
쌓이네

너 그리고 나

우리라고 적었다가
다시 지웠어

너와 나는

한 번도
우리였던 적이 없어서

간극

좋은 하루 보내
고작 그 한마디도
못하는

그 거리를
그 무엇으로도
메울 수가 없네

어느 여름

너를 만난
올해 여름은
오랫동안
너로 기억되겠지

어느 여름의 끝

너를 모른 채
너를 좋아했어
나의 욕심이었지만
바램이 있었다면
너를 알아가고 싶었어

하지만 나는
너를 영영 알지 못한 채
흘러가네

너는 오랫동안
나의 계절에 머물 거 같아
닿지 못한 말이지만

나의 계절이 되어줘서
고맙단 말을 하고 싶어

어느 수취인의 인사

너는 모르겠지만
너는 나에게
많은 것들을 주었어

설렘, 웃음, 용기
기다림
두려움

흔한 사랑 이야기가
흘러가지 않고
멈춰서 머물렀어

그 모든
경험과 순간들을
내게 주었지

엔딩 크레딧

모든 장면 속에서
너를 찾아
나는 너로 가득 차

그 속에 우리가 있기를 바라지만
너는 유유자적 흘러가고
나는 덩그러니 서있네

붉은 실

네 손끝에 매달린
붉은 실의 끝이
나이길 바라는
욕심을 품었어

욕심 한 자락

네가 행복하길

눈물짓기보단
많이 웃기를

너는
웃는 게 참 예쁘니깐

그러다 어느 날에
가끔
내 생각을 해주길

저녁의 왈츠

왈츠

우리는 손을 맞잡고
춤을 추지

내가 갑자기
너를 끌어당기며
빙그르르 돌면

너는 당황하면서도
내 박자에 맞추어
발을 굴리지

나에게 맞춰
춤추는
너의 몸짓이
사랑스러워

그만 소리 내서
웃고 말았지

산책

너와 손을 맞잡고
한없이 걷고 싶어

나의 풍경을
보여주고 싶고
너의 풍경을
같이 보고 싶어

너만 좋다면
나와 걸을래?

소유

네 손가락에
내 손가락을
얽고 싶어

허락만 한다면
네 왼손 네 번째 손가락에
입을 맞추고 싶어

잼

달다
웃음이 나와

너 때문에
오늘 하루가
달디 달아

위로

어느 날 너는
기분이 좋지 않아
무표정을 한 채
비스듬히 앉아있었지

어느 날 너는
티를 내지 않으려 하지만
속이 상한 표정으로
얼굴을 괴고 있었지

그런 너를
나는 그저 가만히
꼬옥 안아주었어

내가 할 수 있는 건
고작
그게 다였지

향

너에게 달려가
품에 안길 거야

그리고
숨을
한가득 들이마시는 거지

내가 너로 가득 차도록

분홍신

새로 산 구두를 신고
너에게 갈 거야

나의 길 끝이
너이길 바라며
닿길 원하지

마음

무슨 말을 더 할까요
그저
당신이 좋아요

애정

당신의 엉덩이를
토닥토닥
두드려요

잘했어요
나의 사랑스러운
당신

애정 2

당신의 얼굴을 붙잡고
내 볼을 부벼요

당신께만 허락하는
애정의 표현이랍니다

상념

요즈음
저의 일상은
온통
당신뿐이네요

곤란해요
보고 싶어지네요

애원

이 서툰 마음을
어떻게 곱게 접어
건네드려야 할까요

당신께 드리고 싶은
이 마음이 낯설고 두려워
어설픈 손으로
그만 구겨버렸어요

구김이 가버린 이 마음을
받아주실는지요

뮤즈

나의 당신
달콤해요
그리고 씁쓸하네요

닿을 수 없는
마음
단어, 시, 영감

욕심

나는 나의 길을 가요
당신은 당신의 길을 가겠죠
우리의 길이 결국 엇갈리더라도

지금의 저는
그저
당신과 함께하고 싶어요

리듬

음악의 선율에 따라
움직이던 당신의 손가락
흔들리는 당신의 고개가
사랑스러워 그만
웃고 말았습니다

몽

쏟아지는 잠
흐드러지는 당신
얼굴에 스며드는 미소
사랑스러운 당신
꿈에서 만나요

몽2

나를 보며
활짝 웃는 당신
다정한 눈길

선명한 잔상에
눈이 시려오는건

여기가
꿈인걸 알아버려서

한 입만

허락만 한다면
당신의 볼을
깨물고 싶어요

당신의 품

힘든 하루였어요
당신이 머리를 토닥여 준다면
덕지덕지 붙은 고단함이
눈 녹듯 사라질 거 같은데

안아주세요

당신의품2

속상한 날이었어요
이유는 굳이
말하지 않을래요

그저 지금 나를
꼬옥
안아주세요

품

오늘 하루 힘들었나요
이리 오세요
안아줄게요

당신의 머리가 삐죽
제 품 위로 삐져나오겠지만
뭐 어때요

수고했어요
오늘 하루
사랑하는 당신

잠결

눈이 감겨요
곧
잠에 들 거 같아요

얼른 오세요
당신

당신의 곁에서
잠들고 싶어요

못남

미운 당신

그럼에도

좋아해요

얼룩

어쩌겠어요
이미
당신이 좋은 걸

스며든 마음을
닦아내려 해도
이미 얼룩져
덕지덕지
자국이 남았어요

풍선

부풀어 오르던 것은
제 한계를 이기지 못하고
여러 조각으로 찢겨

피 – 슝

가여운 자태로
유유자적이
흩어져 낙하하네

검은 것

내동댕이 쳐진
구겨진 종이

뿌옇게 번져
잃어버린 글자

버려진 마음

줍지 못한 채
그저 멍하니
응시하는 그림자
검은 것

유리 조각

죽어가는 건
유리인가요
나인 가요

조각난
유리

부스러진
형체

흩어지는
영혼

맺힌 핏방울만이
발아래를
붉게

이카루스

태양을 사랑한 결말은
덕지덕지 엉성하게 엮어논 날개가
흘러녹아 바닷속으로 풍덩

점점 멀어지는 당신
추락하는 나

맞이하는 건 바다의 거센 파도
물보라 아래 사라지는 형체

당신을 사랑한 걸
후회하냐고 물어본다면

나는 후회할까요
이건 후회일까요

당신을 욕심낸
스스로의 민낯
추함, 부끄러움, 검붉은 욕망
그리고 밀려오는 허기짐과 눈물

심해 속으로 잠기는
모든 것

사랑하는 당신께

사랑하는 당신께
라고
썼다가 지웠습니다

아직
당신께
전할 수 없는
단어들이 많습니다

당신께 전하기엔
아직 어설픈
마음 한 자락입니다

고백

역시
아무래도
당신이

좋아

어느 한 여름의 정원

초대

어느 한 여름의 정원에
오신걸
환영 합니다.

한 자락의 붉은 애정에
검은 욕심을 덧칠했습니다.

결국 피어난 것은
투명한 물기를 머금은
하이얀 꽃

순전히 속이 보이는
깨끗한 것

당신의 손아귀에
꺽이길 기다리는
어린 마음

수선화

내가 너를 보는 줄 알고
너는 나를 보는구나

마주친 눈
활짝 웃는 너

어여뻐서
어김없이 나는 오늘도
너를 바라본다.

꽃말_ 자기애

장미

길 걷다가
발견한 장미꽃을 보며
너를 떠올렸어

이 꽃을
너에게 주고 싶었지만
너에게 건넬 명분이 없는 나는
그저 발걸음을 끌며
돌아섰지

꽃말_ 열렬한 사랑

델피늄

그저 매일 당신 얼굴을 떠올려요
당신의 웃는 모습이 보고 싶어요
한껏 풀어진 당신 모습이 궁금해요

당신은 지금 무얼 하나요
누구와 함께하나요
날 알아주세요

이게 사랑이 아니라면
무엇인지 알려주세요

꽃말_ 당신을 행복하게 해줄게요

해바라기

네가

좋아
좋다

좋아해

꽃말_ 당신만을 바라보다

해오라비난초

꿈에서 만난
당신조차
닿을 수 없는 먼 사람이어서

꿈에서 깨어난
저는 조금
서글펐습니다

꽃말_ 꿈에도 만나고 싶어요

자작나무

보고 싶었어요
속으로 삼키고 말
마음이지만

당신을
기다렸어요

꽃말_ 당신을 기다립니다

튤립

아무리 생각해 봐도
역시나
당신이
좋아

꽃말_ 사랑의 고백

데이지

당신이 소중해

꽃말_ 당신을 소중히 여깁니다

노란 튤립

당신의 머리맡에
얼굴을 묻고
입을 맞출게요.

평안과 안녕을
그리고 사랑을
드려요

꽃말_ 이루어질 수 없는 사랑

붉은 장미

언젠가

어느 날

피어난 꽃이
그저 어여뻐서

소중히 담아두었습니다

꽃말_ 정열적 사랑

프리지아

사랑스러운 당신
당신의 웃음으로
충만해지는
나의 하루입니다

꽃말_ 천진난만

개망초

안녕

당신의 하루
좋은 순간으로
오래 머무길

꽃말_ 가까운 이를 행복하게 해주다

사스레피나무

애정이
흘러내리는
당신의 눈길

그 애정에
노곤히
녹아내리는 나

꽃말_ 당신은 소중합니다

은방울

당신의 안녕을
바래요

그 안녕이
나로 인하기를
바란다면
욕심일까요

꽃말_ 틀림없이 행복해집니다

한낮의 꽃밭

쏟아지는
꽃무덤 아래에서

모든 여름 날
당신과 마주 잡은 채
서있기를

화관

당신 머리 위에
얼기설기 엮은
화관을 얹어요

꽃 아래 멋적이
웃을 당신은
분명
사랑스러울 테지요

사랑하는 사람아
내 꽃을 받아주세요

정원의끝

여기는
오랫동안
지지 않을
한 여름의 정원

바래지 않을
한 송이의 마음
순전히 하얀 것

당신의 고갯짓에
흔들리는 여린 줄기
가녀린 잎

안녕.

당신을 기다리며
오랫동안
지지 않을
한 여름의 꽃

어느 한 여름의 정원

발　행 | 2021년 07월 23일
저　자 | MUJEJE
펴낸이 | 한건희
펴낸곳 | 주식회사 부크크
출판사등록 | 2014.07.15.(제2014-16호)
주　소 | 서울특별시 금천구 가산디지털1로 119 SK트윈타워 A동 305호
전　화 | 1670-8316
이메일 | info@bookk.co.kr

ISBN | 979-11-372-5104-5

www.bookk.co.kr